INTERSECCIÓN ALIANZA

hacemos espacio para todxs

Escrito por Chelsea Johnson, LaToya Council, y Carolyn Choi

Ilustrado por Ashley Seil Smith

Traducido por Dario Valles

dottir press
NEW YORK CITY

Dottir Press
33 Fifth Avenue
New York, NY 10003

Dottirpress.com

Publicado por primera vez en español en los Estados Unidos de América por Dottir Press en
enero de 2021.
Ilustrado por Ashley Seil Smith
Producido por Drew Stevens
Traducido por Dario Valles
Traducción adicional por Larissa Pienkowski

Distribuido al comercio por Consortium Book Sales and Distribution.
www.cbsd.com. Para consultas sobre ventas a granel, envíe un correo electrónico a
jb@dottirpress.com.

Registro de Catalogación en Publicación de Library of Congress está disponible para este
título.
ISBN 978-1-948340-41-0

English edition ISBN 978-1-948340-08-3 first published in the USA by Dottir Press in July
2019
English eBook ISBN 978-1-948340-36-6

PRÓLOGO

Cuando pensamos en la niñez y la educación temprana, generalmente recordamos haber aprendido cosas como números y letras, colores y formas, horarios y modales. Lo que consideramos con menos frecuencia es que la juventud también es una oportunidad para plantar las semillas de la conciencia social. Las impresiones del mundo que aprendemos de niños se convierten en los cimientos de cómo entendemos nuestros roles como adultos. ¿Cómo sería el futuro si a la juventud se les enseñara sobre justicia, equidad y solidaridad junto con el alfabeto y la aritmética?

Intersecciónalianza: hacemos espacio para todxs es una herramienta invaluable para crear ese futuro. Este libro entretenido e informativo les enseña a los lectores jóvenes que a pesar de todas las formas en que somos diferentes unxs de otros, todavía tenemos valores e intereses comunes que se cruzan. Podemos escucharnos y apoyarnos unxs a otros de maneras que nos unan a través de las diferencias.

Hace treinta años, acuñé la "interseccionalidad" como un marco para la justicia social que incluye a todas las personas oprimidas. Es impactante y estimulante ver las muchas formas en que la interseccionalidad continúa inspirando y empoderando a los defensores de la justicia social en la actualidad. Estoy encantado de que *Intersecciónalianza: hacemos espacio para todxs* pase la antorcha a la próxima generación de activistas juveniles. Al igual que los jóvenes poderosos de este libro, creo que somos más fuertes cuando construimos comunidades basadas en el entendimiento de que tenemos un interés mutuo.

—Dra. Kimberlé Crenshaw, African American Policy Forum Cofundador y Director del Columbia Law School Center for Intersectionality and Social Policy Studies

Mira las vidas de un grupo de amigxs.
Si una necesita, los demas participan.
La edad es un aspecto que cada una de ellxs comparte...
Pero las vidas de jovenes son tan distintas, como ya luego aprenderán.
Cada niñx tiene su historia y su punto de vista
Lleno de pasión y con potencia, como tú.

Mi nombre es Alejandra, pero me dice Ale.
Uso una silla, lo cual no me define.
En cambio, me permite

¡ZAS!
¡VOLAR!
y
¡JUGAR!

Cuando necesito avanzar, lxs amigxs me ayudan a abrir un paso.

idónde hay espacio PARA ALGUNXS hacemos espacio PARA TODXS

la amistad puede ser una

ALIANZA

no importa **tu** tumaño!

¡Hola, soy Parker! Después de la escuela todos los días,
la familia de Ale nos cuida a los dos mientras jugamos.

Mi mamá trabaja duro para mantenerme.
Su amor es la fuente de nuestra estabilidad.

Ni los juguetes, ni el dinero, ni los tesoros no contados.
El cuidado comunitario es más precioso que el oro.

Las faldas y los adornos son lindos, supongo,
pero mi capa de superhéroe es más "Kate" que esos moños.

Algunxs pueden estar confundidxs de que un niñx como yo
pueda ponerse lo que desea y estar orgullosx y sin preocupaciones.
Mis amigxs defienden mis opciones y derechos.
Un baño, como todas los lugares, debería ser un espacio seguro.

Me llamo Adilah, y al igual que Kate,
lo que llevo puesto inspira un debate constante.
Algunxs donan, algunxs recitan, algunxs cantan y otrxs rezan,
mi hiyab es mi decisión—puedes elegir tu propio camino.

La ropa que llevas nunca justifica el odio.
La ropa puede ser divertida, sencilla o sagrada.
Cubierta, adornada o con toque de estilo,
mi cuerpo es mío, lo visto con cariño.

Mi nombre es Nia, y con lo que hay en las noticias
es fácil asustarse y cantar el blues.

Para ella, para ellxs, para él y para mí.
Todos merecemos respirar y ser libres.

El color de nuestra piel no es razón para esconderse.
Protestamos por la seguridad, la igualdad y el orgullo LGBT.

Nuestrxs amigxs se unen en solidaridad y amor.
Esto es de lo que están hechos las alianzas.

La seguridad también incluye nuestros árboles y el aire,
La tierra que hemos llamado nuestrx casa, nuestrxs lugares de oración.
Soy Dakota, y como mis antepasadxs,
Mi tribu y yo somos protectores del agua.
De las ganancias y el poder nos levantamos para preservar
Nuestras naciones, nuestras culturas y el respeto que merecemos.

Me llamo Gloria, y tengo siete años.
Después de la escuela, a la frutería me voy.
Trabajando cada día junto a mi madre.
Vendemos piña dulce y mangos con chile.

Mi idioma y mi inteligencia nos permiten prosperar.
¡Tengo esperanzas y sueños y aptitudes y ganas!
Trabajar juntxs nos hace a ambxs más segurxs.
Soy una hija, una compañera y una empresaria.

Me llamo Heejung, y nací en Seúl.
Me mudé aquí cuando tenía cinco años.
Soy parte de lo que se llama la "generación 1.5".
Mis padres y yo extendemos ambas naciones.

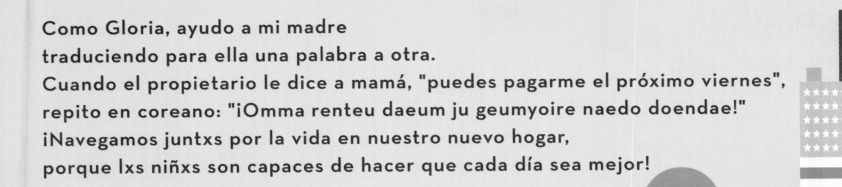

Como Gloria, ayudo a mi madre
traduciendo para ella una palabra a otra.
Cuando el propietario le dice a mamá, "puedes pagarme el próximo viernes",
repito en coreano: "¡Omma renteu daeum ju geumyoire naedo doendae!"
¡Navegamos juntxs por la vida en nuestro nuevo hogar,
porque lxs niñxs son capaces de hacer que cada día sea mejor!

LA OFICINA

27

Mi nombre es Yuri y soy nuevo en este país.

La familia de Heejung me recibió con amor y con gracia.

Encontrar refugio significaba viajar lejos de casa.

Navegué, volé, viajé y recorrí.

Escapando de la violencia, la guerra, la angustia y la intrusión.

Vinimos a este país buscando sueños e inclusión.

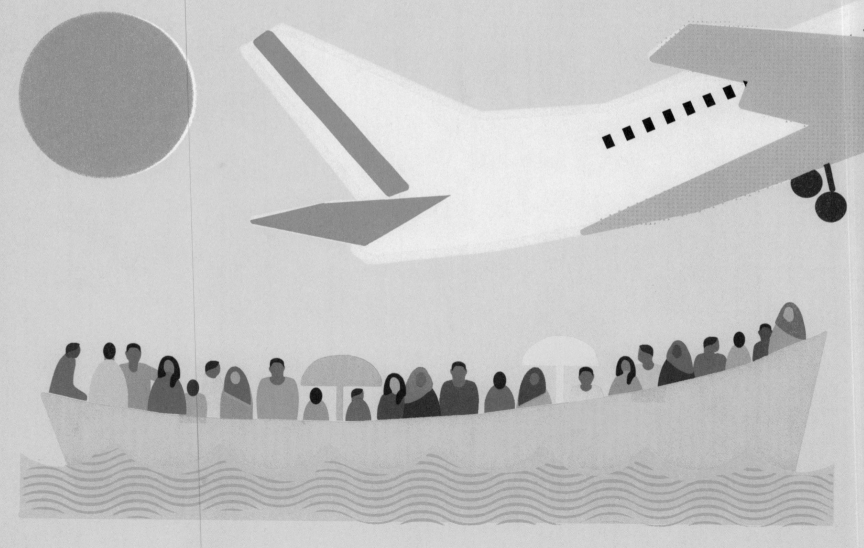

De cerca, de lejos, de aquí, de allá . . .

somos más que nuestros orígenes. Todos merecemos protección.

Raza, religión, ciudadanía, clase y capacidad:
cada una de ellas se intersecta para formar una identidad.
La edad, el género, el tamaño y el color de la piel también,
puede hacer que la vida sea diferente para unx amigx que para ti.

Las barreras y los prejuicios suelen ser los culpables.
Nos esforzamos por la igualdad pero no la conformidad.

Los altibajos de la vida pueden tomar muchas formas,
pero estando juntos, reescribiremos las normas.

idónde hay espacio PARA ALGUNXS hacemos espacio PARA TODXS

la amistad puede ser una

ALIANZA

no importa tu tamaño!

¿Qué es la interseccionalidad?

La interseccionalidad es una palabra que explica cómo todas las diferentes partes de una persona se combinan para afectar sus experiencias de vida e identidad. La edad, la capacidad, el color de piel, la religión, la ciudadanía, el tamaño corporal y la cultura conforman nuestra identidad e influyen en quiénes somos y cómo vivimos.

En este libro, la identidad de cada personaje forma a sus sentimientos y experiencias. Por ejemplo, la preocupación que Nia tiene sobre el sistema de justicia penal (los tribunales, la policía y las cárceles) está determinada por su género y raza. **Tómese un momento para pensar en sus propias experiencias e identidad. ¿Cuáles son algunas de las cosas que te hacen ser tú?**

La idea de interseccionalidad no solo nos ayuda a entender quiénes somos, sino que también nos ayuda a pensar en cómo nos relacionamos con otras personas. Cuando pensamos en raza, clase, género, ciudadanía y otras identidades juntas (no por separado), podemos percibir más oportunidades de solidaridad con personas que son diferentes a nosotros.

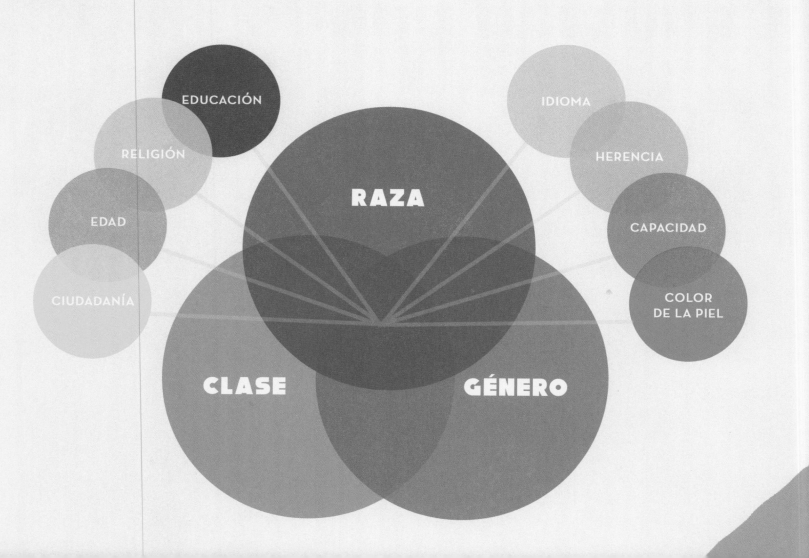

Por ejemplo, a pesar de que el sistema judicial en los Estados Unidos ha discriminado muchas veces a las mujeres afroamericanas como Nia y su madre, ellas son ciudadanas estadounidenses y tienen derecho a votar, trabajar y estudiar sin papeles especiales que digan que pueden estar en el país. La madre de Nia puede usar su poder de voto para defender los derechos de inmigración para que las familias de Yuri y Heejung pueden perseguir sus sueños sin riesgo. Esto es lo que significa usar su privilegio relativo (o su acceso a ventajas) para hacer espacio para todxs. Cada persona tiene privilegios que pueden usar para ayudar a hacer la vida más fácil, más feliz o segura para otrxs. **Recuerda las cosas que te hacen ser tú. ¿Cuáles de esas identidades tienen privilegio? ¿Cómo puedes usar su privilegio para ser aliadx de un amigx?**

¡Aprendamos juntos!
Una guía de discusión por páginas

La gente tiene diferentes capacidades que afectan la forma en que se mueven, oyen, hablan y aprenden cosas nuevas. Por ejemplo, Allie usa una silla de ruedas para moverse en su vida diaria. ¡Sus amigxs se aseguran de que las actividades sean accesibles y estén disponibles para personas con diferentes capacidades y necesidades, para que todxs que les quieran participar puedan!

En la página 16, vemos dos tipos de trabajo que hacen los padres para asegurarse de que lxs niñxs estén segurxs y felices: la mamá de Allie está cocinando, que es un trabajo de cuidado dentro del hogar, y la mamá de Parker está codificando un programa informático para su jefe, que es un trabajo por contrato fuera del hogar. El trabajo de cuidado y el trabajo fuera del hogar son dos formas en que los padres muestran su amor. **El cuidado comunitario, o la crianza colectiva,** es cuando las familias comparten el trabajo de cuidado, como lo hacen las mamás de Allie y Parker en esta página.

Las comunidades constan de sus amigxs, su familia, sus vecinxs, sus compañerxs de clase o de equipo y cualquier otra persona con que pasas el tiempo. Cuando eres miembro de una comunidad, debes hacer tu parte para hacer que su comunidad sea más fuerte, más segura e inclusiva. Una comunidad inclusiva hace que todxs se sientan bienvenidxs, sin importar su color de piel, capacidad, cultura, género o ciudadanía. **Pienses en las personas que ves y con las que pasas tiempo. ¿Quién es parte de su comunidad? ¿Cómo te hacen sentir más fuerte, más seguro e incluido? ¿Cuáles son algunas maneras en las que puedes hacer que su comunidad sea mejor para todxs?**

Notas del libro continúan

El sexo y el género están relacionados, pero no son lo mismo. **El sexo** de una persona se refiere a tener partes del cuerpo masculinas, femeninas o intersexuales (tanto masculinas como femeninas).

El género es lo que la gente se muestra o hace por su ropa, comportamiento y cómo se llaman a sí mismos. Muchas veces, cuando nacemos, nuestro género se decide por nosotros en función de nuestro sexo y, a veces, esto afecta lo que usamos o los juguetes con los que jugamos. Es posible que estés familiarizadx con dos categorías de género: masculino y femenino. Pero en cualquier momento de nuestras vidas, podemos elegir identificarnos con un género, múltiples géneros o ninguno. Algunas personas optan por cambiar de género, lo que llamamos **transgénerx**. Y, a veces, cuando te sientes tanto masculino como femenino, como Kate en este libro, lo llamamos no binario. **No binario** significa no limitarse a las dos categorías de masculinidad y feminidad.

Una persona puede decidir usar pronombres de género como "él" y "ella" para describirse a sí misma, o puede usar pronombres no binarios como "elle" or "ellx". Kate prefiere los pronombres "they", "them", and "theirs". Respetaríamos la elección de pronombres de Kate diciendo: "La capa de Kate lxs hace sentir fuertes". **¿Qué pronombres te quedan mejor?**

Un **hiyab** es un velo que cubre la cabeza o que algunas mujeres y niñas musulmanas usan en público. Los hiyabs están disponibles en muchos colores y estilos. Las mujeres usan hiyab por muchas razones diferentes, como la tradición, la moda o la modestia. La profesora Saba Mahmood ha escrito sobre los múltiples significados detrás de llevar un hiyab dentro del movimiento de mujeres musulmanas egipcias, y cómo puede representar tanto el empoderamiento femenino como el respeto por las creencias religiosas.

Cada cultura y comunidad le da sentido a la ropa y al estilo. Una forma de ganar respeto por los diferentes grupos de personas en el mundo es pensar por qué su ropa es importante para ellxs y sus culturas. **¿Cuáles son algunas de las cosas que la gente usa en su cultura o comunidad que tienen un significado especial? Pregúntale a unx adultx si no estás segura y quieres aprender más.**

La gente merece estar segura, sin importar lo que usan. A través de movimientos sociales como #MeToo y Times Up, muchas mujeres (¡y algunxs otrxs también!) están usando sus experiencias para explicar la importancia de tener **consentimiento** o permiso antes de tocar a otra persona.

Las páginas 22 a 25 presentan importantes movimientos sociales de base. **Los movimientos sociales** están compuestos por grupos que se unen para cambiar una situación injusta. Lxs **activistxs** como Nia y Dakota hacen posible los movimientos sociales, porque están dispuestxs a luchar por lo que creen. Cualquiera puede ser activistx y apoyar un movimiento social, ¡incluso tú! **Pídale a unx adultx que le ayude a aprender sobre algunos de los problemas por los que la gente de su comunidad ha luchado en el pasado, como los derechos civiles, la sostenibilidad ambiental, la paz y matrimonio entre personas del mismo sexo. ¿Qué causa crees que vale la pena luchar? ¿Cuáles son algunas de las formas en que puedes luchar por la causa?**

Nia participa en el movimiento **#LasVidasNegrasImportan**, que fue iniciado por Alicia Garza, Patrisse Cullors y Opal Tometi en 2013 para llamar la atención sobre la violencia y el racismo que enfrentan lxs negrxs en los Estados Unidos. Este problema afecta no solo a la raza, sino también al género. De hecho, la Dra. Kimberlé Crenshaw inventó por primera vez la palabra **interseccionalidad** para describir como el sistema de justicia penal trata a las mujeres y niñas negras como Nia y su madre de manera diferente a los hombres negros y las mujeres blancas. Es por eso que la Dra. Crenshaw cofundó el African American Policy Forum (AAPF), un grupo que protege y empodera a las niñas de color a través de iniciativas como #NiUnaMas.

Dakota participa en las protestas de Dakota Access Pipeline, o #NoDAPL, que empezó en 2016 para detener la construcción de un oleoducto que amenazaba el antiguo cementerio y la fuente de agua de la tribu Standing Rock Lakota Sioux. Como miembros de la comunidad, tenemos derecho a estar en desacuerdo con las decisiones de cualquier persona, incluso con las decisiones del gobierno. Las personas preocupadas expresan sus opiniones contactando a los políticos, creando carteles, gritando a coro al unísono o simplemente uniéndose. Lxs protectorxs del agua de #NoDAPL hicieron eso, ¡y el movimiento se convirtió en la reunión intertribal de nativxs americanxs más grande de la historia moderna! **¿Hay reglas que crees que son injustas o que no representan las necesidades de su comunidad? ¿Puedes pensar en formas de hacer que la regla sea más justa para todxs? Identifique a la persona o grupo de personas responsables de hacer la regla y escríbale una carta en la que explique qué crees que debería cambiar y por qué. (Actividad adicional: encuentre aliadxs que estén de acuerdo contigo y pregúnteles si apoyarán su carta firmando su nombre junto al suyo).**

La solidaridad es cuando personas con diferentes identidades y capacidades se unen para trabajar hacia el mismo objetivo. Durante las protestas de Dakota Access Pipeline en 2016, otra comunidad protestaba por su suministro de agua sucia no muy lejos en la ciudad de Flint, Michigan. En este libro, vemos a Dakota y Nia unirse como **aliadxs** para luchar por una necesidad que comparten: el derecho a beber agua limpia. ¡Siempre somos más fuertes juntos! **Piense en una ocasión en la que unx amigx le defendió cuando necesitaba ayuda. ¿Qué hicieron para apoyarte? ¿Cómo te hizo sentir su solidaridad? ¿De qué formas puedes ser unx aliadx para ellxs también? (Una pista: ¡es bueno preguntarles qué necesitan primero!)**

Las páginas 30 a 37 se centran en las experiencias de **migración** o el movimiento de un lugar a otro. La "generación 1.5" describe a las personas que se mudan a un nuevo país cuando son niñxs. Están entre **la primera generación**, que emigran como adultos, y la segunda generación, que nacen en un nuevo país y tienen padres inmigrantes. En este libro, Gloria es una inmigrante de segunda generación, mientras que Heejung y Yuri son parte de la generación 1.5. **Pregúntele a su familia sobre la historia de su familia. ¿Sus padres, abuelxs o antepasadxs nacieron en el mismo lugar que usted? ¿Cómo y por qué su familia terminó viviendo donde vive ahora?**

Notas del libro continúan

La historia de Gloria presenta **recursos generacionales**, que son habilidades especiales que lxs niñxs pueden usar para ayudar a las personas mayores que ellxs. La historia de Gloria se basa en lo que la profesora Emir Estrada aprendió cuando habló con niños inmigrantes que venden comida y otras cosas con sus padres. Descubrió que estxs niñxs usan su habilidad con la tecnología como teléfonos celulares y computadoras para facilitar el trabajo de sus padres. En este libro, cuando Gloria usa un smartphone, muestra sus recursos generacionales en acción.

Como muchos inmigrantes de la 1.5 generación, Heejung es **bilingüe**. Esto significa que puede hablar dos idiomas. Cuando Heejung traduce las conversaciones del inglés al coreano para su madre, ella es **una corredora de idiomas**. La profesora Hyeyoung Kwon habló con muchos corredores de idiomas para su investigación. Aprendió que traducir para adultos es una gran responsabilidad para unx niñx, porque significa saber más sobre las responsabilidades de los adultos que la mayoría de los otrxs niñxs, como pagar el alquiler y la atención médica. **Al igual que Gloria y Heejung, podemos mostrarle a la gente que nos preocupamos por ellxs ayudándoles a superar situaciones difíciles. Todxs tienen habilidades que pueden usar para ayudar a otrxs. Piense en un talento o habilidad especial que tengas. ¿Cómo puedes usar esa habilidad para ayudar a tus padres, abuelos o tutores?**

Unx **refugiadx** es alguien que ha tenido que abandonar su país de origen para estar a salvo de la violencia, la discriminación o los desastres naturales. Mientras se escribíamos este libro, millones de refugiadxs de Oriente Medio, África del Norte y América Central se vieron forzadxs a abandonar sus países de origen. Cuando tantos refugiadxs se ven forzadxs a irse al mismo tiempo, las familias de diferentes países pueden ayudarlxs ofreciéndose como voluntarixs para acoger a personas como Yuri y su familia en sus hogares, donando suministros o donando dinero a organizaciones que ayudan a lxs refugiadxs. **Descubra qué organizaciones ayudan a las personas necesitadas en su área. ¿Puede ofrecer su tiempo como voluntario o donar suministros para apoyar una organización? ¡Vea si puede conseguir que algunxs amigxs se unan contigo!**

Una norma es una situación habitual o típica. Aunque puede ser fácil dar por sentado lo que ves todos los días, lo que la gente piensa que es normal no siempre es lo mejor para todxs, o incluso para la mayoría de las personas. Cuando las normas son injustas o hirientes, debemos hacer lo posible para ayudar a nuestras comunidades a lograr un cambio positivo.

¿Que es una feminista?

Una feminista es una persona que cree en igualdad entre personas de todos géneros y que cada persona debería poder decidir qué es lo mejor para su propia vida y futuro.

¿Que hay en un nombre?

Adilah es un nombre árabe que significa "justicia". El nombre **Dakota** significa "amigx" o "aliadx" y deriva del idioma Lakota Sioux. El nombre **Nia** significa "propósito" y deriva del swahili, que es un idioma que se habla en Kenia. **¿De donde viene tu nombre? ¿Qué dice tu nombre de ti? Si pudieras cambiar tu nombre, ¿a qué lo cambiarías y por qué?**

Chelsea Johnson

Cuando era joven, a menudo era la única chica negra en mis aulas. Crecer como una "forastera" dentro de mis escuelas, en su mayoría blancas, despertó mi interés en cómo la raza, la clase y el género dan forma a la vida social. Obtuve las herramientas para comprender mis experiencias cuando estudié en Spelman College, una universidad históricamente negra para mujeres en Atlanta, Georgia. En Spelman, me convertí en feminista. Después de graduarme, comencé un doctorado en sociología en la Universidad del Sur de California. Mi disertación exploró cómo se relacionan la moda, la política y la cultura. Viajé por todo el mundo, entrevistando a mujeres con raíces africanas sobre sus vidas en Sudáfrica, Brasil, Holanda, Francia, España y Estados Unidos. Ahora uso la investigación para ayudar a las empresas a diseñar productos pensando en los grupos subrepresentados. Cuando no estoy investigando o escribiendo, disfruto pintar con acuarela, leer ficción y comer en nuevas ciudades.

LaToya Council

Me crié en un hogar de madre soltera. A menudo miraba a mi madre asombrada por sus habilidades de superhéroe para manejar tantas demandas familiares mientras tenía múltiples trabajos. Estos recuerdos inspiraron mi visión de un mundo más inclusivo y me llevaron a estudiar sociología en Spelman College, donde aprendí por primera vez sobre el concepto de interseccionalidad. Después de graduarme, estudié las desigualdades en el amor y cómo la raza, el género y la clase se cruzan para impactar las experiencias de relación para mi maestría en la Universidad de Colorado - Colorado Springs. Ahora estoy trabajando en mi disertación en la Universidad del Sur de California, que examina el uso del tiempo y el cuidado personal entre las parejas negras de clase media. La interseccionalidad y el poder del amor marcan cómo practico el aliado y la investigación. Cuando no estoy investigando, disfruto meditar, cocinar y pasar tiempo con mi gata Mimi.

Carolyn Choi

Las revueltas de Los Ángeles fueron un momento decisivo en mi infancia que dio forma a mi identidad como mujer coreana americana de segunda generación. Mis experiencias personales con la raza, la inmigración y el género me llevaron a estudiar sociología y literatura coreana en la Universidad de California en Los Ángeles. Después de graduarme de la universidad, comencé a organizarme en la comunidad en una organización de derechos civiles sin ánimo de lucro en Los Ángeles, lo que me expuso por primera vez a los problemas interseccionales que enfrentan las mujeres inmigrantes. Después de obtener mi maestría en la Escuela de Economía y Ciencias Políticas de Londres, comencé a estudiar para mi doctorado en sociología en la Universidad del Sur de California, donde ahora estudio trabajo migratorio, tráfico de personas y educación internacional. Mi investigación me ha llevado a través de Estados Unidos, Corea del Sur, Filipinas y Australia. En mi tiempo libre, disfruto difundiendo el conocimiento sobre las artes coreanas interpretando pansori, una forma de música folclórica tradicional.

Ashley Seil Smith

Crecí como una de cinco niñas (¡y una gemela!) en el sur de California y Texas. Mis raíces conservadoras provocaron preguntas sobre privilegios y feminismo, lo que me llevó a estudiar antropología cultural en la universidad, incluida la investigación etnográfica sobre la salud de la mujer en el sur de la India. Finalmente, me mudé a la ciudad de Nueva York y ayudé a lanzar The Period Store para educar a las mujeres sobre las opciones que tenían para controlar su menstruación. También obtuve mi Maestría en Bellas Artes de la Escuela de Artes Visuales. Ahora me concentro solo en el arte, explorando la figuración (dibujos que representan cosas en el mundo real) y la abstracción (dibujos de la imaginación que no se parecen exactamente a las cosas del mundo real). Aprovecho todas las herramientas artísticas y uso una variedad de medios. Cuando no estoy dibujando, pintando o grabando, puedes encontrarme afuera haciendo actividad o cuidando a mis animales adoptados.

INSPIRADA POR . . .

INTERSECTIONALITY: An Intellectual History — Ange-Marie Hancock — (The Politics of Intersectionality)

BONNIE THORNTON DILL

EMERGING INTERSECTIONS: RACE, CLASS, AND GENDER IN THEORY, POLICY, AND PRACTICE

Ange-Marie Hancock — Solidarity Politics for Millennials: A Guide to Ending the Oppression Olympics

LORDE — **SISTER OUTSIDER**

THE SECOND SHIFT: Working Families and the Revolution at Home — Hochschild Machung

POLITICS OF PIETY The Islamic Revival and the Feminist Subject — SABA MAHMOOD

Maria W. Stewart, America's First Black Woman Political Writer — Marilyn Richardson

Moraga & Anzaldúa — This Bridge Called My Back — Fourth Edition — SUNY

TALKING BACK Thinking Feminist, Thinking Black — BELL HOOKS

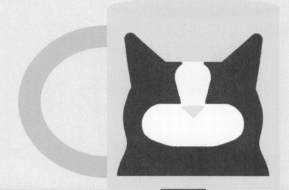

UNLEARNING ORIENTALISM — Kathleen Uno

A BURST OF LIGHT — and Other Essays — AUDRE LORDE

Kimberlé Crenshaw — ON INTERSECTIONALITY — ESSENTIAL WRITINGS

FEMINISM WITHOUT BORDERS — Decolonizing Theory, Practicing Solidarity — CHANDRA TALPADE MOHANTY

by bell hooks — AIN'T I A WOMAN — black women and feminism

INCIDENTS IN THE LIFE OF A SLAVE GIRL — HARRIET JACOBS

ANGELA Y. DAVIS — FREEDOM IS A CONSTANT STRUGGLE

PATRICIA HILL COLLINS — BLACK FEMINIST THOUGHT — R

Melissa V. Harris-Perry — Sister Citizen

Agradecimientos

Chelsea, LaToya y Carolyn desean agradecer a sus amigos, familiares, colegas y mentores de la Universidad del Sur de California.

Un agradecimiento especial a Kimberlé Crenshaw, Ange-Marie Hancock Alfaro, Jonathan Rabb, John Jaeyong Choi, Sasānēhsaeh Pyawasay, Hyeyoung Kwon, Emir Estrada, Kit Myers, Brandy Jenner, Robert Chlala, Soo Mee Kim, DaniRae Jones, Angel Chang y Zuri Adele.

Dario Valles y Larissa Pienkowski tradujeron el libro de forma rápida y sensiblemente. Gracias también a Ashley Seil Smith, quien revisó sus exquisitas ilustraciones para esta edición.

El uno para el otro, estamos mejor juntos.